Willibald Alexis

Hans Preller von Lauffen

Willibald Alexis

Hans Preller von Lauffen

ISBN/EAN: 9783743369788

Hergestellt in Europa, USA, Kanada, Australien, Japan

Cover: Foto ©Andreas Hilbeck / pixelio.de

Manufactured and distributed by brebook publishing software (www.brebook.com)

Willibald Alexis

Hans Preller von Lauffen

Hans Preller von Lauffen

Novelle

von

Willibald Alexis

Mit Zeichnungen von Erich M. Simon

Carl Flemming und C. T. Wiskott AG., Berlin

Die Drei-Bogen-Bücher
Herausgeber Carl Ferdinands

Den Umschlag zeichnete Wilhelm Repsold

In sehr alten Zeiten, ehe die Schweiz eine Republik war und die Engländer daselbst reisten, lebte, just wo der Rhein um die Ecke biegt, ein Ritter — ein so biederer, als je einer zwischen seinen vier Pfählen oder vielmehr vier Mauern gelebt hat. Aber eben seine Biederkeit war sein Unglück. Er hatte ein treues Herz, eine redliche Gesinnung, aber nichts zu beißen und zu brechen. Sein Territorium war Stein und Wald; es gab kaum Hafer für seine Pferde; der Wein dort herum war in jenen Tagen noch saurer als heute — und mit der Flußschiffahrt war es ebensowenig als jetzt wegen des unangenehmen Einfalles, welchen der Rhein schon damals hatte, gerade an der Burg unseres Ritters einen Fall von mehreren Klaftern zu machen. In der rohen Sprache jenes ungebildeten Jahrhunderts hatte man daher einen Vers auf ihn gemacht, den ich nicht ohne Erröten und nur in der Absicht mitteile, ein Monument von der Denkart und Volkspoesie meinen Lesern nicht vorzuenthalten. Die witzigen Buben sangen nämlich:

„Hans Preller von Lauffen
Hat nichts zu fressen und zu saufen!"

Letzteres war buchstäblich unwahr; denn niemand hinderte ihn, nach der Freiheit jener unglücklichen Zeiten, so viel Becher und Humpen aus dem Rheine, der ihm ja selbst in die Burg gesprungen kam, zu schöpfen, als ihm beliebte. Sonst lebte er von Forellen und Grillen, mit deren Fang er sich oft tagelang beschäftigte. Leider aber machen beide vielleicht satt, aber nicht stark; und alle Verehrer des männlichen Rittertums und alter deutscher Biederkeit hatten den Verdruß, zu sehen, daß einer aus ihrem Orden lang, hager und schmächtig war.

Wie oft stand Hans Preller auf dem Söller seiner Burg und sah den Rhein hinunter, und die reichen Schiffe und Flöße auf seinen Wellen, und die hochbeladenen Karren auf seinen Straßen, und die lauernden Ritter und Reisigen unter den hohen Burgportalen! Und dann zuckte es wie ein jäher Schmerz ihm durch die Brust, und er biß sich in die Nägel, und der böse Geist murmelte ihm ins Ohr: „Sieh, Hans, das könntest du auch haben!" War nicht sein Vetter, der noch magerer war als er, vom dicken Trierer Bischof zum Vogt in einer jener neuen Rheinburgen bestellt worden! Und als er demütig bei der Bestallung gefragt: „Aber, bischöfliche Gnaden, wovon leben?" hatte da nicht der wohlbeleibte Prälat lächelnd geantwortet und sich auf seinen Bauch geschlagen: „Lieber Getreuer, links fließt der Rhein, und rechts geht die Straße nach Frankfurt!" Und war nicht sein Vetter seitdem fast so dick geworden wie sein Lehnsherr, der Bischof von Trier! Und drehte sich nicht tagaus, tagein bei ihm der Spieß am Roste! Und konnten die Böttcher genug Fässer schlagen für all den Niersteiner, der quartaliter in die Keller der Burg gefahren wurde! „Ja, ja, so geht's!" hatte Hans Preller dazumal zu seinem mageren Vetter gesagt, als er von ihm Abschied

nahm, um sein Glück in der Welt zu suchen, und war von seinem Sessel nicht aufgestanden; und: „Ja, ja, so geht's!" hatte jüngst der wohlgenährte Vetter zu ihm gesagt, und war nicht aufgestanden aus seinem Armsessel, als Hans Preller ihm einen Besuch gemacht. Immerfort brummte der böse Geist dem Ritter ins Ohr: „Siehst du, so machen sie's in Deutschland! Willst du nicht auch klug werden?"

Aber Hans Preller war ein biederer Schweizer und schüttelte den Kopf. Ein wahrheitliebender Chronist, wie alle Schweizer sind, vergißt indessen nicht hinzuzufügen, daß es dem guten Ritter Hans dazumal etwas schwer gefallen wäre, es geradeso zu machen wie in Deutschland; denn es gab zwar dicke Bischöfe in der Schweiz, und Burgen und Reisige und Keller und auch den Rhein, — aber sehr wenig reiche Reisende; und obgleich jene Zeiten viel reicher an Wundern waren als unsere, wollte doch kein Frachtschiff das versuchen, wie sich der Rheinfall bei Lauffen passieren lasse; und an Landstraßen mit Meßgütern war noch weniger zu denken.

Es ging dem armen Hans Preller wirklich spottschlecht. Von Jahr zu Jahr wurden die Grillen bitterer, und die Forellen (meinte sein Magen) kleiner, und für ihn spielte jeder schweizerische Kuhreigen morgens und abends die Melodie:

„Hans Preller von Lauffen
Hat nichts zu fressen und zu saufen!"

„Da — eines Nachts — als der Mond auf sein einsames großes Bett schien, und er an der Wand seinen Schatten sah, der kaum noch ein Schatten war, und er daran dachte, was für einen Schatten er ehedem geworfen, überkam ihn eine Stimmung, welche in der Schweiz zu den größten Seltenheiten gehört, und, wenn sie jetzt daselbst zu finden, nur von den Engländern hingebracht sein kann, er wischte sich nämlich eine Träne aus dem Auge und sprach: „Es ist doch ein hundsföttisch Leben!" Dann trat er angekleidet auf den kleinen Fenstersöller, welcher gerade über dem Rheinfalle angebracht war, und dachte zum letzten Male etwas bei sich, was, in die Sprache des neunzehnten Jahrhunderts übersetzt, etwa so lauten würde: „Was hilft mir nun, daß ich ein alter Edelmann bin, ein Ritter und außerdem noch ein freier Schweizer! Was hilft mir, daß ich ein Gutsherr bin mit Erbgerichtsbarkeit und hängen, spießen und verbrennen lassen kann, wenn ich selbst nichts hängen habe am Nagel und nichts am Spieße, und nicht einmal, was ich besitze, verbrennen kann, weil alles Wasser und Stein ist! Was helfen mir alle meine Wälder, wo jeder Nachbar ebensoviel hat als ich! Was helfen mir alle meine kostbaren Steine, da man keine Chausseen baut! Was hilft mir all mein Vorrat an Wasser, da wir in keiner afrikanischen Wüste sind! Was hilft mir das Tageslicht, da die Sonne mir meine Armut zeigt, und was hilft mir die Nacht, wo ich nicht einmal meine Not verschlafen kann, da der tobende Wasserfall sie mir immer in derselben Weise vorbrummt! Und was hilft mir endlich, daß ich ein so grundehrlicher Ritter bin, der nirgend einen Einfall getan und gehabt, wenn niemand drum weiß, und es mir nicht einmal einen Orden, geschweige denn eine Schüssel Linsen einbringt!" —

Und nachdem er so zum letzten Male gedacht, weil es auch in jenen Zeiten, wo man wenig dachte, der Schicklichkeit für angemessen erachtet wurde, einmal wenigstens zu denken vor dem Augenblicke, wo alles Denken aufhört, beschloß er, sich in den Rhein zu stürzen.

Schon war der eine Fuß über dem Geländer, und der andere kam ihm nach, und er brauchte nur auszugleiten, und das schäumende Wasserrad faßte ihn; und nichts wäre von Hans Preller übriggeblieben — ich zweifle selbst, ob sein Name —, als plötzlich etwas eintrat, was ich eine Pause in der Natur nennen möchte. Die Wolken am Himmel standen still; die Wipfel der Tannen desgleichen; das Mondenlicht zitterte nicht mehr auf dem Wasserschaume; der Rhein selbst und sein Fall standen still, wie plötzlich zu Eis erstarrt — und Ritter Hans Preller, der sich eben einen Schwung gegeben, hing auch fest am Geländer, wenngleich nur der äußerste Teil seines hinteren Körpers und seine beiden Hände es berührten. Aber just in derselben Stellung als er saß auf der Schwelle des Wasserfalles ein kurioses Wesen, die Beine herunterbaumelnd, mit den Händen auf dem Wellenbruch sich schaukelnd. Die Strömungsmaschine brauchte nur wieder loszugehen, und er lag schneller, als ich es denke — da unten, wohin sich noch eben der Ritter stürzen wollte. Es wäre eine Beleidigung gegen Hans Prellers Scharffinn, anzunehmen, daß er nicht sogleich gewußt, wer der alte Mann sei, mit dem silberweißen Barte und den kleinen roten Augen. Es war nicht die Nymphe des Rheines, noch der Genius der Flußschiffahrt, sondern nicht mehr und nicht weniger als der Geist oder Kobold des Rheinfalls.

Es wäre dabei nichts Sonderbares; denn Kobolde, die wackeren Rittern erschienen, gehörten damals zur Tagesordnung; aber daß der Rhein stillstand und das Wasser nicht fiel, und der Wind erfroren und es so still ringsum war, daß der Ritter in Schloß Lauffen — wo man sonst nichts hört als das Getöse des Falls — das Niesen des Bürgermeisters von Schaffhausen hätte herüberhören können, das war sonderbar und deutete auf eine Irrung der Natur. Daß der Geist ein maliziöser sein mußte, läßt sich unschwer aus seinen roten Augen entnehmen, und daß er es auf die Seele unseres Ritters abgesehen hatte, weiß man aus dem Kontrakte, der noch vor der französischen Revolution im Lauffener Archive im Original zu lesen war. Die Schweizer Gelehrten leugnen jetzt, wenn auch nicht den Kontrakt, doch die Verbindlichkeit, welche Hans Preller eingegangen; aber etwas muß er doch dem Teufel für so große Anstrengungen versprochen haben, wenn dem auch gerade nichts an seiner Seele gelegen war. Wie gesagt, hierüber herrscht ein Dunkel, und wir wissen nur mit Bestimmtheit von einem Auftritt, welcher bald darauf stattfand und ebenso schrecklich, als er in seiner Erscheinung, von so großen Folgen für Hans Preller war.

Die Wolken zogen nämlich wieder am Himmel, die Winde wehten, die Tannen rauschten, der Rhein floß, der Wasserfall brauste, und ein Schwarm von Raben krächzte über dem Söllnerturme, auf dem Hans Preller zitternd stand — vor ihm in gigantischer Gestalt das Ungetüm des Rheines! Und was das Schreckhafte für unseren Ritter mehrte, war, daß dies Ungetüm bald berghoch aufschwoll, bald zu einem kleinen Zwerge zusammenschrumpfte, bald neben ihm stand, bald auf dem Wasser schwamm und sich den Wasserfall hinunterstürzen ließ, bald im fernsten Walddickicht auf einem Steine zu kauern schien; aber immer gleich deutlich sah Hans Preller seine roten Augen, den breiten Mund, die lächelnden Winkel darum, und immer gleich deutlich hörte er die heisere Stimme: „Machen will ich, daß die Steine Brot werden und all das grüne Flußwasser roter Wein für dich — machen will ich, daß die Käfer und das Ungeziefer fette Rinder werden, die Mücken in der Abendluft Schnepfen und Fasanen, die Nesseln und Disteln Kohlköpfe; die Forellen und Lachse sollen zu dir den Wasserfall heraufschwimmen, daß du nur die Hand auszustrecken brauchst! Das Moos auf deinem Dache soll Kopfsalat liefern, und stets voll sollen deine Keller und Speicher sein, und der Spieß sich immer am Roste drehen!"

„Aber auf wie lange?" wagte der Ritter einzuwenden, der selbst in einem so schrecklichen Augenblick die Geistesgegenwart behielt, einem Geist auf den Zahn zu fühlen: ob das nur so ein gewöhnliches Geschenk sei, wo aus Gold Häcksel wird.

Aber der Geist antwortete mit großem Pathos: „Solange als der Rhein von diesem Felsen stürzen, der Schnee der Jungfrau im Sonnenlichte glänzen, und bis das Eis der Gletscher zu Tau schmelzen wird!"

„Und was willst du dafür haben?"

„Nichts, was dir von Wert sein kann!"

„Meine Seele?" fragte ängstlich Hans Preller.

„Nur die Unschuld deiner Enkelsöhne," entgegnete der Geist.

Gegen so äußerst billige Bedingungen konnte unser Ritter füglich nichts einwenden, und seine etwaigen Gewissensbisse wurden völlig durch die Versicherung des Geistes beschwichtigt, daß seine Enkel nichtsdestoweniger brave Schweizer bleiben sollten. Nun kam es nur auf das Wie an, und Hans Preller schien zu meinen, nachdem der Kontrakt in Richtigkeit war: der Stein, auf dem er stand, müsse sogleich Weizenbrot, der Wasserfall Burgunder, der Ginst an den Klippenwänden Spargel werden, und die ganze Luft duften von Bratengeruch und Weinduft. Aber dem war nicht so; der Stein blieb Stein, das Wasser Wasser und die Natur Natur; nicht einmal die Raben über dem Turme wurden Fasanen. Der Geist, der seine Gedanken gelesen, lächelte: „Ein echtes Wunder bleibt immer innerhalb der Gesetze der Natur, und alles, was ein Geist, der über seiner Zeit steht, vermag, ist, daß er diese Zeit etwas vorwärts rückt oder zurück schiebt. Einer, der in Fleisch und Bein einquartiert ist, wird dies höchstens für ein paar Jahrzehnte vermögen; wir aber, die wir in Wasser und Luft leben, können dies schon auf ein paar Jahrhunderte. Urteile selbst, wie töricht es überdies wäre, wenn alles, was du besitzest, sich auf einmal in das, was ich dir versprochen, verwandelte; denn, abgesehen davon, daß ich nicht wüßte, was du mit all den Schnepfen und Kohlköpfen anfangen solltest, wie würde das Gold plötzlich an Wert verlieren, wenn alle Steine auf einmal Gold würden! Auch will ich gar nicht davon reden, daß dich deine unaufgeklärten Mitbürger als Zauberer verbrennen müßten; ich will dich nur daran erinnern, ein wie süßes Gefühl es ist, was wir besitzen, unserer eigenen Betriebsamkeit zu verdanken, wiewohl du den ganzen Stolz, der die Brust eines industriellen Menschen berauscht, erst dann begreifen kannst, wenn ich dir mein Geheimnis mitgeteilt habe. Dieses besteht nämlich darin, daß ich dir, Hans Preller, einem Ritter aus dem früheren Mittelalter, die Ansichten und Ideen späterer Jahrhunderte mitteilen und einimpfen will. Noch ahnet deine Blindheit nicht, mein guter Ritter, was ich dir damit schenke, und wie gering das bezahlt ist mit der Unschuld deiner Nachkommenschaft, welche überdies in jenen Zeiten, wo sie leben wird, etwas ganz Überflüssiges ist. Aber wenn du geimpft bist, wirst du erstaunen über meine Großmut und erkennen, wie all die gewöhnlichen Teufelsverschreibungen von Silber, Gold und Edelgesteinen, und die Freuden dieser Welt dagegen Bagatelle oder, in der Sprache unserer Zeit, Häcksel und Stroh sind. Denn selbst jene Geschichte vom König Midas ist dagegen nichts. Er machte zwar alles, was er anrührte, zu Gold; aber war das Gold darum sogleich geprägt und hatte es Kurswert? Und es bleibt noch immer zweifelhaft, ob auch Luft und Wasserschaum Gold werden konnten, was doch vermöge meines Geheimnisses dir möglich werden soll, und es soll solches Gold werden, was in aller Herren Ländern gilt; denn es kommt eine Zeit, wo das Gelten viel mehr Wert hat als das reine Gold des Königs Midas selbst."

* * *

So sprach der Geist, und was weiter darauf geschah, weiß man nicht, denn hier schweigen die Chroniken vom Schloß Lauffen. Die von Schaffhausen melden nur gelegentlich unter jenem Jahre, daß in der darauffolgenden Nacht der Rhein ein Getöse gemacht, als solle die Welt untergehen. Über dem Schlosse sah man gräßliche Lichter und in den Wolken fürchterliche Gestalten schweben. Aus dem tiefsten Keller dröhnten aber solche Schmerzenslaute, als wolle eine Welt eine andere gebären. Der Hauptturm des Schlosses stürzte darüber ein, und man nimmt an, daß

der philanthropische Geist in jener Nacht an dem Ritter die Impfung vollzog, welche, da Hans Preller bereits einigen Mondschein auf dem Scheitel hatte, schmerzlicher auszufallen pflegt, als bei Säuglingen auf dem Arme der Amme. Die Schweizer Chroniken verlassen uns überhaupt hier gänzlich; es scheint, als habe man geflissentlich manche Pagina radiert, und was wir jetzt noch mitzuteilen haben, ist aus einer alten Nürnberger Chronik entnommen.

* * *

Von der Burg Lauffen und ihrem Ritter hatten sich weit umher schreckliche Gerüchte verbreitet, und das Schreckhafteste war, daß man eigentlich nicht wußte, was es war. Die Reisenden kreuzten und segneten sich, und die Landleute sprachen nur mit Schaudern Hans Prellers Namen aus. Wenn man sie fragte, so wollte keiner mit der Sprache heraus, und wenn einige sprachen, so gerieten sie in solche Sprachverwirrung und redeten so kauderwelsches, schreckliches Zeug, daß man an einen bösen Geist glauben mußte, der in sie gefahren. Kein Wegelagerer in den Ardennen und Karpathen konnte solchen Schreck verbreiten als der Name Hans Prellers, von dem doch noch kein einziger Zeuge vor den Schöffen von Zürich oder Basel ausgesagt, daß er einem ehrlichen Manne ein Haar gekrümmt oder auch nur einen roten Heller geraubt hätte.

Es war um jene Zeit, daß ein reicher Krämer aus Nürnberg, Peter der Holzschucher genannt, weil sein Geschäft war, deutsche Holzschuhe den Italienern zu verkaufen, aus Welschland heimkehrte. Zum Vergnügen reiste damals niemand über die Alpen. Außer Schnee und Lawinen, Hunger und Not warteten des Wanderers in den Bergschluchten Bären, Wölfe und Raubgesindel, mit denen sich jeder abfand, wie es ging; denn Taxen gab es dazumal in der Schweiz noch nicht; und der ehrliche Peter Holzschucher war seelenfroh, als er die niedrigeren Berge und die wirtlicheren Ufer des Rheines mit seiner noch ziemlich vollen Geldkatze erreicht hatte. Er war ein wohlgenährter und starkbeleibter Mann und wollte sich eben an einem schattigen Abhange, mit der Aussicht auf den Bodensee, von dem erfrischende Kühlung herüberwehte, lagern, als zwei halbnackte Gestalten atemlos auf ihn zugerannt kamen. Kaum vermochte er sie zum Stehen zu bringen, denn sie mochten auch ihn mit seinen reisigen Gesellen für Wegelagerer halten.

„Liederliches Volk!" schnauzte er sie an, denn er erkannte in ihnen ein paar Schneidergesellen aus seiner Vaterstadt, „wo habt' ihr eure Ränzel und Wämser gelassen? versoffen oder verspielt?"

„Ach, daß Gott erbarm', Herr Peter Holzschucher," schrien sie, erst jetzt ihn erkennend, „man hat uns alles geraubt!" Und sie machten solche Bewegung, als sei der böse Feind noch hinter ihnen; denn ein gewöhnlicher Räuber kann einem Menschenkinde nicht solche

Angſt einflößen, ſo ſchlotterten die Glieder, ſo ſchlug das Herz, und Blutstropfen rannen aus den Augen über das angſtverzerrte Geſicht.

"Was muß das für ein Lump von Raubkerl geweſen ſein, der nach eurem Sparſack ausgeritten iſt?" ſprach der Krämer, und die beiden armen Schelme fielen faſt zu Boden und ſchielten nur mit gekreuzten Armen rückwärts nach Burg Lauffen. Den ſchrecklichen Namen hätte ihnen nichts erpreßt.

"Gebenedeite Jungfrau Maria!" rief endlich der eine, dem ein Schluck aus Herrn Holzſchuchers Lederſchlauch etwas Beſinnung zurückgegeben: "Gott ſchütze jeden Chriſtenſohn vor dem, was uns da begegnet iſt!"

"In drei Teufels Namen!" rief der reiche Handelsherr ungeduldig aus, "ihr ſeid doch noch mit heiler Haut davongekommen! Ihr ſeid doch nicht geſchunden, gebraten und geſpießt! Was hat euch denn nun der Wegelagerer getan?"

"Ach, das läßt ſich gar nicht ausſprechen!" ſtöhnte der eine Atemloſe, und während ihm der andere beiſprang, kamen folgende abgebrochene Sätze heraus, welche den Nürnberger Herrn nicht klüger machten: "Er hat uns nicht geplündert, aber viel was Ärgeres! Er hat uns nicht gebunden und geſchunden und nicht geſpießt und nicht verbrannt; aber das wäre alles nichts! Er hat uns bei lebendigem Leibe gerädert, aber das iſt es auch nicht! Glühendes Blei in die Kehle gießen, das wäre gar nichts!" Und ſo ging es weiter.

„Hat er euch zu Juden gemacht, oder dem Propheten Mohammed schwören lassen?" schrie der Meister. „Ach, wenn das nur wäre!" jammerten die Schelme. „So zwang er euch, dem Gottseibeiuns euch verschreiben?"

„Ja!" stöhnten beide und nahmen plötzlich Reißaus über Stock und Block, daß selbst die nachgedonnerten Flüche des Handelsherrn sie nicht mehr erreichten.

Peter Holzschucher kaute unter dem Schatten eines Nußbaums an ein paar welschen Nüssen und meditierte an der, welche ihm die geplünderten Burschen hinterlassen. Reputierliche Leute, wußte er wohl, ließ der Teufel sich angelegen sein zu verführen, und er hatte selbst manchen Bekannten, von dem man nicht begriff, wie er schnell reich geworden; aber daß er sich um ein paar lumpige Schneidergesellen inkommodieren sollte, war ihm noch nicht vorgekommen und störte des ehrbaren Peters Vorstellung von der Würde des Höllenfürsten. Auch pflegt der Teufel die, um deren Seele es ihm zu tun ist, mit irdischen Gütern auszustatten und ihnen nicht das Hemde auszuziehen. Die Kerle möchten also wohl geschwindelt haben, war das Resultat von Herrn Peter Holzschuchers Nachdenken, welcher alles gern in der alten Ordnung und also auch dem Teufel ließ, was des Teufels war — als er jetzt neben sich unter demselben Nußbaum einen ältlichen Herrn von wohlbeleibter Gestalt und mit kahler Platte gewahrte.

Derselbe wischte sich mit dem Schweißtüchlein die

Stirn, holte tief Atem und sprach alsdann: „Könnt Euch wohl auch nicht satt sehen, wertlieber Herr, an dieser entzückenden Aussicht?"

„Bin, was meine Person betrifft, schon satt," antwortete Herr Holzschucher; „wenn ich Euch aber dienen kann mit einem Stück Gemsfleisch und Ziegenkäs', so steht's zu Befehl."

„Wer kann ans Essen denken, wenn man solch ein Schauspiel vor sich hat!" sagte der andere.

„Was braucht Ihr denn ans Essen zu denken, wenn Ihr essen mögt," replizierte Herr Peter. „Wann ich esse, hab' ich vollauf zu tun mit Kauen und Schmecken; vorher bin ich hungrig und nachher satt; und das ist meine ganze Verrichtung, die so gut vor sich geht, ohne daß mir je in den Sinn kommen wäre, bei zu denken. Demnächst aber, lieber Herr, was kann denn das für ein Schauspiel vor uns sein, so Euch, wenn Ihr hungrig wäret, am Essen hindern möchte? Ist doch kein Hanswurst aus Konstanz hier, noch fromme Patres, welche uns einen Aktus aus den heiligen Büchern voragieren könnten."

Der andere lächelte: „Ist das kein großes Schauspiel da unten vor Euch?"

„Nein, lieber Herr, das nennen wir bei uns in Nürnberg einen See."

Wieder lächelte der andere: „Ich meine das große Ganze, die Natur, den landschaftlichen Eindruck, die Harmonie und, bei der lebhaften Farbengebung, die Perspektive."

Peter Holzschucher sah ihn groß an: „Lieber Herr, verzeiht, Ihr sprecht da in einer welschen Sprache, die ich nicht kenne, da ich zufrieden bin, wenn ich das bißchen Mailändisch kleinkriege, um mit den Herren meine Rechnung abzuschließen."

„Die Sprache aber, welche ich rede, sollte in der ganzen Welt verstanden werden, wenn Euch auch die Worte fehlen. Ergreift Euch denn nicht ein gewisses unnennbares Gefühl, wenn die Luft über die Blütenwälder streift, der grüne See des Himmels Bläue widerspiegelt und die fernen Ufer im Nebelduft verschwimmen?"

„Wenn's heiß ist," sagte der Peter, „ist's recht erquicklich, wenn der Wind übers Wasser streift."

„Nun, und was habt Ihr dann gedacht, als Ihr zwischen den Eisfirnen hin an den starrenden Gletschern zogt und die Lawinen von den Bergwänden niederdonnerten?"

„Wieder denken!" murmelte Peter Holzschucher; „aber so Ihr's absolut wissen wollt: Ich habe gedacht, wenn die Eisberge Zucker wären und die Gletscher Weizenmehl und die Lawinen Grütze, die aus der Mühle fällt, — dann wäre das ein glückliches Land!"

„Hm, hm," murmelte nun der andere und nickte mit dem Kopfe nicht ganz ungefällig, „das läßt sich schon hören, wenn nur der rechte Sinn dabei ist. Euch ist da gewiß eine Träne ins Auge getreten; Ihr habt gezittert und keine Worte finden können für das Großmächtige des Gedankens."

„Nein, lieber Herr! Da's denn doch nicht Zucker, Mehl und Grütze werden kann, machte ich, daß ich fortkam."

„Ihr müßt jetzt den majestätischen Rheinfall dort bei Schaffhausen sehen; da werdet Ihr stehen bleiben, da werden Euch die Augen aufgehen, da werdet Ihr Worte finden!"

„Das wäre ein häßlicher Umweg, und zudem hat's mich immer in der Seele verdrossen, wenn ich in den alten Musikanten gesehen, warum er unnütz so viel Lärm macht; und dann dachte ich, was sonst, wie gesagt, nicht meine Sache ist, wie die Kölner Schiffe bis Konstanz und Lindau fahren könnten, und noch weiter, wenn das Wasser nicht den tollen Fall machte."

Mit einem Male schoß es, wie Zorn und Flammen, in dem Manne mit dem Mondschein auf; er blickte den Kaufherrn, als wollt' er ihn aufessen, an und schrie: „Was, du Heide willst mir meinen Rheinfall ruinieren?" Aber, schnell sich besinnend, lenkte er ein: „Ein Lehrgeld muß jeder zahlen, eh' er klug wird, und es ward keiner zu einem weisen Menschen geboren. Aber ich seh' es dir an, du empfindest eine so rechte innerliche Lust, Gottes schöne Natur kennen zu lernen und sie so recht aus vollem Herzen zu bewundern. Darum invitiere ich dich hier freundlich, mich auf meiner Burg zu besuchen, und du sollst dich satt sehen, das versprech' ich dir!"

Herr Peter Holzschucher lehnte freundlich die Einladung ab, was ihm aber nicht mehr half, als ob er in den Wind gesprochen hätte; denn der andere tat, als sei so etwas nicht möglich, und was er gesagt, nur ein Kompliment. Als nun aber beide aufbrachen und es zur ernsten Verständigung kam, daß der eine rechts und der andere links wollte, machte der dicke Herr eine sehr zornige Miene und sagte: „Noch hat mir niemand abgeschlagen, meinen Rheinfall zu bewundern, wenn ich ihn darum ernstlich ersuchte, und soll mir's auch nicht abschlagen, so wahr ich Hans Preller heiße. Darum, lieber Herr, setzt Eure Weigerung nicht fort, die mir nur beweisen würde, wie ungebildet Ihr noch seid, und mich in die Verlegenheit versetzte, Euch zu etwas zu zwingen, wozu jeder gefühlvolle Mensch sich von selbst drängt."

Herr Peter hatte gut protestieren, daß er kein gefühlvoller Mensch sei und sein wollte; der andere schnalzte mit den Fingern: so was verbiete ihm die Menschenliebe zu glauben. Als nun aber Herr Peter, im Vertrauen, daß seine eigenen Fäuste und die seiner Nürnberger Knechte der Zumutung, ihm Gefühl beizubringen, sich erwehren könnten, aufbrechen wollte, erfuhr er leider, wie schwach alle Kraft ist, die nur von uns kommt. Hans Preller pfiff, und aus Busch und Schlucht stürzten so viel kräftige Schweizer hervor, daß ihre Fäuste ganz andern Geschöpfen als den drei Nürnbergern Gefühl für alles mögliche beigebracht hätten. Herr Peter war ein solider, aber ein reizbarer Mann. Er schlug um sich; aber das Ende vom Liede, obgleich sie keins gesungen, war, daß er auf einem Leiterwagen samt seinen zwei Knechten nach Burg Lauffen transportiert wurde. Hans Preller ritt nebenher und, nachdem er weidlich geschimpft, wobei es Peter Holzschucher trotz seiner mißlichen Lage nicht an Gegenschimpfen hatte fehlen lassen, expektorierte er sich in ruhigerem Ton: „Ist's nicht eine Sünde und Schande, wenn Menschen von Eurer Konduite und Erziehung sich noch auf solche Weise müssen nötigen lassen? Wenn ich den Profos bei dem armen Gesindel spielen muß, das, weil es nicht schreiben und lesen kann, auch nichts von Gottes großen Wundern weiß, so sollten Menschen Eures Schlages und Standes mir doch die Mühe leichter machen. Bin ich denn ein Wegelagerer? Bin ich nicht ein freier Schweizer, der jedem Menschen gern seine Freiheit läßt, wenn er sie nur vernünftig anwendet? Tu ich's etwa um mich? Kostet mich's nicht Schweiß und Nachdenken und Geld und Holz? Und, hol' mich der Geier, wenn ich schon eine Seele gefunden, die mir's recht gedankt hätte!"

Herr Peter Holzschucher war ein heftiger, aber auch ein pfiffiger Mann. Er dachte, man muß den Menschen ihren Willen lassen, dann kommt man am wohlfeilsten davon. Also lag er ganz still und schwieg, und erst, als ihn Ritter Hans höflichst vom Wagen zu steigen einlud (sie waren nämlich schon in der Burg), fragte er, was er denn solle?

„Meinen Wasserfall sehen, oder, so Euch beliebt, nehmen wir vorher zur Stärkung einen Imbiß ein."

Peter Holzschucher dankte für den Imbiß, weil ein dunkles Gefühl ihm sagte, daß er ihn bezahlen müsse, und wollte gleich, was doch nun einmal nicht zu vermeiden war, schnell abtun. Wasser, dachte er, kostet kein Geld, und schritt getrost nach der Eingangspforte. Als nun Hans Preller die Tür aufschloß, sprach er lächelnd: „Hätt' ich doch bald vergessen, Euch nach der eingeführten Ordnung im voraus die Kleinigkeit abzufordern. Ihr müßt hier sieben Batzen zahlen, und dann könnt Ihr so viel und so lange sehen, als Ihr wollt."

„Was, sieben Batzen?" schrie der Nürnberger, „wofür?"

„Für den Wasserfall," antwortete der Ritter.

„Sieben Batzen für pures Wasser?"

„Ei, lieber Herr Holzschucher, das Wasser hat der liebe Gott gemacht, aber die Geländer, Treppen und Stege habe ich gemacht, und glaubt Ihr, daß die Unterhaltung mich kein Geld kostet, von den Zinsen fürs Kapital gar nicht zu reden?"

„Ich zahle keinen roten Heller!" schrie Peter Holzschucher.

„Ihr werdet doch sieben Batzen zahlen," entgegnete lächelnd mit freundlicher Stimme der Ritter. „Wollt Euch doch nicht weigern, Ihr, ein reicher Handelsherr aus der reichen Stadt, wo noch eben ein paar arme Schlucker, Schneidergesellen, auch aus Nürnberg, mit großem Vergnügen für das majestätische Schauspiel ihren Frank entrichteten. Es tat mir ordentlich leid, den armen Teufeln ihren Sparpfennig abzunehmen, aber es war zugleich eine Freude, den frischen, lebendigen Drang zu sehen, mit dem sie's hergaben."

„Heiliger Sankt Sebald!" schrie der Holzschuhhändler. „Ich kann in Nürnberg alles sehen, was ich will, und brauche keinen Deut für zu zahlen, Springbrunnen und schöne Brunnen, und hier für einen ordinären Wasserfall soll ich so viel zahlen, daß ich sieben Tage davon Wein trinken könnte! Heiliger Sebald, Königssohn aus Dänemark! Du hast gefrorenes Wasser wie Kienspäne verbrannt, daß die armen Leute sich dabei gewärmt haben, und hast nichts weiter dafür verlangt als einen Gotteslohn; und ich soll hier für das natürliche Wasser sieben Batzen zahlen!"

„O du unverbesserliche Krämerseele! Du Pfefferkuchenmann aus Nürnberg! Du gedrechselte Menschenpuppe! Was vergleichst du solche Spielsachenwunder, wie sie euer Drechslerheiliger, der Bönhas und Pfuscher im Gebiete des Wunderbaren, für eure Jämmerlichkeit fabrizierte, mit meinem großen Naturwunder! Hätte Sankt Sebald für seine brennenden Eiszapfen einen roten Heller genommen, so müßte ich eine Tonne Goldes für meinen Wasserfall fordern. Eigentlich bist du nun gar nicht wert, ihn zu sehen, aber nicht um mich, um dich selbst sollst du ihn sehen und die sieben Batzen zahlen!"

Da wurde Peter Holzschuchers Gesicht kirschbraun;

die Augen verdrehten sich; er ballte beide Hände, und der Schaum stand ihm vor dem Munde. Aber er konnte nicht sprechen vor Wut.

„Willst du?" fragte trocken und kurz der Ritter. Der Handelsherr schüttelte den Kopf. Er war auf alles gefaßt, sogar darauf, daß sie ihn bei den Händen und Füßen nach dem Wasserfalle schleppen würden. Er wußte, was er dann zu tun hatte. Aber nein! Der Ritter sprach mit ruhigem Tone: „Fern sei es von mir, daß ich jemand durch Anwendung roher Gewalt zu etwas nötige, wozu er keine Lust hat. Freiwillig sollst du wollen, und bis dahin soll dir meine Burg Schutz und Sicherheit und nebenbei Gelegenheit zum Nachdenken gewähren."

Gesagt, getan. In ein kleines Körbchen wurde der gewichtige Leib des Nürnberger Holzschuhhändlers, so gut es ging, gepackt; einen Strick gab man ihm in die Hand; eine Rolle schwirrte; das Tageslicht wechselte mit Dunkelheit, und ein plötzlicher, empfindlicher Stoß auf den Teil seines Körpers, der zuerst den Boden erreicht hatte, sagte ihm, daß er an dem zu seinen Meditationen bestimmten Orte angelangt sei. Nachdem er sich losgehaspelt, schwirrte der Korb in die Höhe, die Klappe schloß sich, und Herr Holzschucher war allein im Burgverlies von Schloß Lauffen. Feuchtes Stroh, Ketten, Spinnen, Molche und Eidechsen — kurz alles das, was der Roman von einem guten Burgverlies fordert, war hier zu finden. Indessen würde ein Held, wie ihn der Roman fordert, zuerst nicht an sein Schicksal, sondern an das seiner Leidensgefährten gedacht haben; Peter Holzschucher dachte jedoch, ich muß es bekennen, an nichts weniger als an seine Knechte, sondern war nur erbost, daß ihm so was passierte. Er biß sich in die Nägel; er schlug gegen die Wände; die Tränen traten ihm aus den Augen, und er schwor Tod und Rache. Solche Unbill müsse Kaiser und Reich ahnden. Er wollte sein alles, was er hätte, dransetzen, um beim Reichskammergericht zu klagen, oder, wenn das noch nicht existierte, beim heimlichen. Er war ordentlich ärgerlich, als er noch seine Geldkatze am Leibe fühlte. Wenn man ihm die genommen, wüßte er doch, daß er es mit einem ordentlichen, ehrlichen Ritter und Wegelagerer zu tun gehabt, statt mit einem Seelenschinder, der von einem rechtlichen deutschen Bürger Dinge verlange, vor denen das Haar sich sträube. Ja, er tat das Gelübde, lieber sein Leben lang hier zu bleiben und bei lebendigem Leibe zu vermodern, ehe er dem Ritter seinen Willen täte.

Vorläufig verschmachtete er noch nicht, sondern fristete mit einem Stück Gerstenbrot sein Leben bis auf den andern Morgen. Den Wasserkrug ließ er unberührt stehen, vermutlich weil er dachte, es sei aus dem verwünschten Wasserfall geschöpft. Er fand, daß es sich auch auf feuchtem Stroh und nassem Steine schlafen ließ, wenn einen der Ärger müde gemacht hat; und der Kuhreigen am Morgen weckte ihn aus einem gesunden, herzhaften Schlafe. Da öffnete sich oben der Schieber, und Hans Prellers Gesicht neigte sich über den Rand.

„Guten Morgen, Herr Holzschucher, wie steht's mit Euren Naturempfindungen?"

Herr Holzschucher antwortete nicht.

„Nun, nun, ich hab' keine Eil'; der Geist wird Euch schon aufgehen, wie er manchem andern aufgegangen ist."

Die Klappe schloß sich wieder; es war wieder Nacht; die Eidechsen und Kröten hüpften wieder um sein Lager; dieselben Gedanken und Grillen besuchten den Ehrenmann, und er verbrachte den Tag wie gestern; ausgenommen, daß er heute das Brot trockener fand und darum einen Schluck aus dem Kruge nicht verschmähte. Er dachte, was kann das arme Wasser dafür, daß es vom Felsen herunterfällt; die Natur hat ihm einmal den Weg gezeigt, und es gehorcht ihr nur!

Wenig ahnte wohl Herr Peter Holzschucher da unten, was in Hans Prellers Seele oben vorging, und daß der Mann im Freien nicht weniger litt als er im Kerker. Oft saß er stundenlang in seinem ledernen Stuhle, das Gesicht in den Händen gestützt, und seufzte:

„Warum hat mich nun gerade die Natur mit einem Empfindungsvermögen ausgestattet, welches sie so vielen Millionen versagt, oder es für ihre Enkel aufspart. Warum kann ich nicht gleich in jener erleuchteten Nachwelt leben, wo die Engländer von selbst kommen werden, und die moskowitischen Großen und die deutschen Studenten, und die ganze Schweiz wird sein, was jetzt der kleine Wasserfall von Lauffen!"

Siebenmal hatte Herr Peter Holzschucher den Reigen des Kuhhirten in seinem dunkeln Verlies vernommen, und als sein Wirt zum siebenten Male den Schieber auftat und zum siebenten Male die erste Frage an ihn richtete, antwortete er: „Ja!"

Der Korb schwirrte herunter, und die Stricke stöhnten, als er wieder hinaufgewunden wurde; doch bemerkte der Werkmeister, er sei um ein Viertel leichter gewesen als vor sieben Tagen. Gerührt umarmte der Wirt seinen Gast. Jetzt gab er es nicht zu, daß er in diesem Zustande zum Schauspiel ginge. Er mußte sich stärken, er mußte sich erfrischen bei einem Morgenimbiß: Knackmandeln aus Italien, Rosinen, Pfefferkuchen und Dragees und dazu Schaffhäuser Rotwein. Herr Holzschucher hatte lange so was nicht genossen, nämlich sieben Tage lang; und so weit ging die Rührung des biedern Ritters, daß er ihm diesmal gleich die Pforte aufschloß und nachher erst bezahlen ließ. Es wird nun von den Schweizern behauptet, der Holzschucher habe mit fest zugemachten Augen am Geländer gestanden und den Rheinfall wohl gehört und sich von ihm bespritzen lassen, ihn aber nicht gesehen. Jedoch ist darin den Schweizern nicht ganz zu trauen. Wenn einerseits auch die Erbitterung noch immer groß war, so läßt sich doch nicht gut annehmen, sagen die Deutschen, daß ein Nürnberger Kaufmann andererseits einen Kaufschilling werde fortgegeben haben, ohne die Ware zu besehen.

Herr Peter griff beim Hinausgehen in den Säckel und langte sieben Batzen vor; Hans Preller nahm das Geld, wog es aber lächelnd in der offenen Hand: „Das ist für Eure Person ganz gut, lieber Freund, aber Ihr wollt doch, als guter Herr, für Eure Leute auch bezahlen?"

„Was, die Kerle haben sich unterstanden?" schrie Peter Holzschucher. „Was brauchen denn die zu sehen?" fügte er einlenkend hinzu.

„Ei, mein lieber Freund und wackerer Handelsherr," versetzte der Ritter, „Ihr wollt doch nicht gar so hochmütiger Art sein, daß Ihr Eure Knechte nicht für würdig achtet, das zu genießen, was Ihr selbst eben genossen habt. Die Natur ist ein großes Gut, das der Schöpfer für alle Welt geschaffen hat; arm und reich, hoch und niedrig hat gleiches Recht darauf, — woher auch der Name Naturrecht kommt, das bei allen Völkern und unter allen Himmelsstrichen, wie Euch die Gelehrten sagen werden, dasselbe ist; und da ich, der ich ein freier Ritter bin, Euch, der Ihr nur ein gezünfteter Bürger seid, frei zugelassen habe, so werdet Ihr als ein christlicher Mann den Genuß doch auch Euren Knechten gönnen."

Herr Holzschucher griff brummend in die Tasche: Domestiken brauchten doch nur die Hälfte zu bezahlen? worauf der Ritter lächelnd entgegnete: das fände nur statt, wo Standespersonen nach Belieben zahlten; hier in der Schweiz aber wären alle Menschen gleich — beim Bezahlen. Wie aber erschrak der Handelsmann, als er nicht mal mit zweimal sieben Batzen ausreichte; denn seine undankbaren Knechte hatten nicht allein alle sieben Tage die unbegreifliche Lust empfunden, den Wasserfall zu sehen, sondern waren des Tags mehrere Male hingelaufen, und für die Kreideberechnung an der Tür hätten die Schufte seinen Weinkeller an der Lorenzkirche halb austrinken können! Die Tränen standen ihm im Auge, aber er war ganz lustig und lachte, und wollte nun auch alles genießen. Er ließ sich hinunterführen und überschiffen, um den Fall von der anderen Seite zu sehen. Ein Mann hatte die Güte, ihm ein paar Stückchen gefärbtes Glas hinzuhalten, und er sah den Rhein grün, gelb und blau, und gab dem Mann mit dem Glase so viel Batzen, als er forderte, und dem Schiffer auch und dem Burschen, der den Verschlag aufmachte, auch. Nun hielt ihm einer eine Büchse für die Armen hin, und er opferte mit Vergnügen, was ihm Hans Preller sagte. Der Kuhhirt zog die Mütze und erinnerte an den großen Dienst, den er ihm erwiesen, und als er den nicht gleich begriff, erklärte ihm der Ritter: „Das ist der fröhliche Natursohn, der dir alle Morgen mit seinem Kuhreigen den Aufgang der Sonne angekündigt hat. Du würdest es gewiß verschlafen haben."

„Aber ich habe ja die Sonne nicht gesehen," brach der Unwille noch einmal von seinen Lippen, „und ich hab's ihm nicht befohlen, mich zu wecken, wenn ich schlief."

„Was kann denn der gute Mann dafür, daß du sie nicht gesehen hast," sagte der Ritter; „er wollte durch seine ländlichen, rührenden Töne dein Herz erweichen und dich aufmerksam machen auf ein Wunder, was der nicht gewarnte Mensch nur zu leicht übersieht oder für gewöhnlich achtet. Überdies ist es Sitte bei mir, daß alle Reisenden dem guten, fröhlichen, uneigennützigen Burschen für seine Gefälligkeit, bei der er an keine Belohnung denkt, etwas mit gerührtem Herzen geben, und ich will nicht, daß eine so alte, ehrenwerte Sitte außer Gebrauch kommt."

Als der Nürnberger mit gerührtem Herzen die Batzen für die Sonne, die er nicht gesehen, entrichtet hatte, meinte er, doch nun alles getan zu haben; aber wie erschrak er, als Hans Preller nunmehr mit seiner kleinen Rechnung für gehabte Unkosten, Zehrung und Logis zum Vorschein kam, und statt der Batzen Reichsgulden und Brabanter Taler ausgeworfen waren.

„Was ist das," rief er, „für eine Fuhre, von der ich nichts weiß, eine Summe, wie sie der König von Böhmen nicht bezahlt!"

„Die Fuhre, mein Lieber," sagte Hans Preller, „ist die, welche ich mieten mußte, um dich hierher zu führen, da du dich bekanntlich außerstand setztest, herzugehen; die Schweiz aber ist nicht Böhmen, und während dort eine Ebene ist, sind hier Berge; natürlicherweise also ist der Fuhrlohn höher, und du mußt sehr zufrieden sein, daß ich überhaupt nur einen Wagen für dich auftrieb. Überdem sehe ich, daß mein

Schreiber noch die Rückfuhre vergessen hat: denn es ist nicht anders als billig, daß du dem Manne den Schaden ersetzest für die Zeit, wo er keine neue Fuhre annehmen konnte. Eigentlich zahlt man dasselbe; aber weil du es bist, wollen wir mit der Hälfte zufrieden sein, die ich dich noch zuzulegen bitte."

Endlich war in der Burg alles abgemacht, und freier klopfte dem Holzschucher das Herz, als er die Zugbrücke hinter sich aufrasseln hörte, wiewohl er voraussah, daß er dem Ritter noch für sein Geleite und dem Boten, der vorauslief, ihnen den Weg zu zeigen, Geleitsgeld und Führerlohn und außerdem Retourgeld würde zahlen müssen. Hans Preller aber war noch aufgeräumter; er scherzte viel in der heiteren, derben Art, wie man es von Natursöhnen gewohnt ist, und die niemand beleidigen kann, weil sie aus einem gesunden, uneigennützigen Herzen kommt.

Noch kamen sie unterwegs an einem kleinen, zierlichen Häuschen vorbei, wo ein Schweizermädchen wohnte, welches vor mehreren Jahren sehr hübsch gewesen war und doch einmal den Nachstellungen eines reichen Wollüstlings widerstanden hatte. Alle Reisenden sprachen hier an, um sich an der Sittsamkeit des Mädchens zu erfreuen; und das Mädchen erzählte jedem gern, wie die Nachstellungen gewesen, wofür man ihr eine Kleinigkeit gab. Hans Preller bemerkte, wie rührend diese bewußtlose Naturunschuld sei, und daß das arme Mädchen für ihre Tugend schon mehr Geschenke bekommen, als der Wüstling ihr geboten.

Ja, sie habe sich das Häuschen dafür erbaut, was für die allgemeine Moralität von sehr günstigen Wirkungen sei.

„Wollt Ihr vielleicht," sprach er endlich, wo der Weg sich teilte, „hier einen kleinen Umweg machen, so kann ich Euch etwas sehr Merkwürdiges zeigen. Es wohnt da ein alter, rechtschaffener Landsmann von mir. Der hat vor langen Jahren als Portier bei einem vornehmen Herrn in der Nachbarschaft gedient. Für diesen Herrn hat er sich eines Nachts, als Räuber ins Haus einbrechen wollten, so wacker herumgeschlagen, daß alle Welt die Schweizertreue gerühmt hat. Nun hat er sich zur Erinnerung daran, denn er ist noch als Krüppel davongekommen, einen Löwen aushauen lassen, der ihn vorstellen soll. Der Löwe liegt in einem Felsen, und er selbst hat sich eine Hütte davor gebaut und ist nun so gut, jedem Fremden, der es sehen will, den Löwen — nämlich sich — zu zeigen, und ihm dabei zu erklären, wie er sich in jener Nacht tüchtig geschlagen hat. Für die Gefälligkeit zahlt man dem wackern Mann dann ein Douceur."

Peter Holzschuher war jetzt auf dem Punkte, daß er alles glaubte und bewunderte, was man von ihm verlangte, und griff eiligst in die Tasche, ohne den Löwen und den Invaliden gesehen zu haben.

Hans Preller lächelte und nahm das Geld für den braven Mann an.

Nun waren sie am Scheidewege. Alle Rechnungen waren berichtigt. Sie drückten sich die Hände, als der

Nürnberger sich besann, daß er ja noch nichts für die Knackmandeln und den Schoppen Schaffhäuser gezahlt hätte. „Sagt mir, werter Herr, was ich dafür schuldig bin; denn ich könnte es nicht über mein Gewissen bringen, in Eurer Schuld zu bleiben."

Da wurde der Ritter sehr böse: „Wäret Ihr nicht mein lieber Freund, so antwortete ich Euch anders auf diese Frage. Ich bin ein schlichter Mann und ein biederer Schweizer und will nie mehr sein. Denn die Schweizer sind in aller Welt wegen ihrer Treue, Redlichkeit und Gastfreundschaft bekannt. Pfui über mich nun, wenn ich mir von meinem Gaste bezahlen ließe, was ich ihm vorgesetzt. Was Ihr genossen habt, davon ist keine Rede mehr. Ein Schelm gibt mehr, als er hat. Komm' ich einmal nach Nürnberg, so tut mir desgleichen, und damit Gott befohlen!"

„Wenn ich das nur könnte," seufzte Peter Holzschucher, als er sich überzeugt, daß der Ritter fort war und auch seine Seufzer nicht mehr hören konnte. Er schnallte seine Geldkatze enger um den Leib, nicht aus Besorgnis, sondern weil nichts mehr drin war, und machte sich auf den Weg in die Heimat.

„Es ist doch nur gut, Meister," suchte ihn der eine Knecht, als er seinen Herrn so traurig sah, zu trösten, „daß das kein Raubritter war, wie ich anfangs glaubte, sondern ein so rechtschaffener Herr, und man weiß doch nun bei sich, wofür man sein Geld gegeben hat."

* * *

Es ist nichts davon bekannt, daß Peter Holzschuher durch Erzählung dessen, was ihm um Schaffhausen begegnet, die abergläubische Furcht beim Volke genährt hat, vielmehr weiß man, daß er anderen reichen Handelsherren gerade diese Straße empfohlen, und auch sie schreckten niemand mit ihren Nachrichten zurück. So ist anzunehmen, daß jeder dem anderen gönnte, was ihm selbst begegnet war, und wer davon Vorteil zog, war — Hans Preller und seine Nachkommen. Die Zeiten verbesserten sich indessen immer mehr, und schon er selbst hatte als Greis die Freude, daß Reisende ungeknebelt nach Schloß Lauffen kamen, um den Rheinfall zu sehen. Gerührt sprach er auf seinem Sterbebette zu seinen Kindern das prophetische Wort: „Bewahrt, was euch die Natur gab, und ihr werdet, trotz aller Umwälzungen, reich und glücklich bleiben!" Seine Familie prosperierte zusehends; die Hans Preller verbreiteten sich über die ganze Schweiz, und nachdem sie ihren Adel aufgegeben, der sich bekanntlich mit den Institutionen einer Republik nicht verträgt, leben ihre männlichen und weiblichen Nachkommen noch jetzt in den Gastwirten und Fuhrleuten Helvetiens fort.

* * *

Es war auf einer Reise durch die Schweiz im Jahre 1833, auf dem Felsen von Schloß Lauffen selbst, wo die Lüfte, das Rauschen des mächtigen Wassersturzes und die Gesichter der Menschen dem Dichter die Sage vertrauten. Ich teilte sie schon damals Schweizer Freunden mit, sie lächelten und sagten, alles sei durchaus wahr. Sie hatten auch nichts dagegen, daß ich sie niederschriebe; aber sie baten mich, einmal wiederzukommen und die reinen alten Schweizergeschlechter in den vom Fremdenstrom minder berührten Tälern zu studieren. Es sei noch eine große, alte, ehrenwerte Schweizerfamilie vorhanden, welche sich bis heute unvermischt gehalten mit der allerdings weitverbreiteten Familie der Preller. Dort würden Lüfte und Menschenantlitze mir andere Sagen vertrauen: auch auf die möchte ich horchen und um der Gerechtigkeit willen sie aufzeichnen. Da nun Umstände mich daran bis jetzt verhindert, stand ich an, obige Sage um ihrer Einseitigkeit willen dem Publikum allein mitzuteilen. Es waren aber noch andere Bedenken, welche mich bewogen, sie fünf Jahre im Pulte liegen zu lassen. Damals rauchten die Ufer der Birs noch vom eben vergossenen Bruderblute. Auf dem Rigi übernachteten mit uns die Okkupationstruppen, entsandt gegen die Sarner Konföderierten. Europas Augen wurden in anderer, peinlicher Art in den nächstfolgenden Jahren auf die Schweizer Verhältnisse gelenkt. Ich hielt es nicht für schicklich, während eines Kampfes, wo mächtige Geschütze gegen Brust und Haupt gerichtet wurden, kleine Pfeile gegen die Leichdörner am Fuße (man verzeihe das Gleichnis; mir fiel kein besseres bei) abzuschnellen. Das ist nun vorbei; die Handwerksburschen singen keine Europa gefährdenden Lieder mehr, Geflügel und Gemüse passieren frei die Savoyer Grenze, und auch die Puppe von Straßburg droht nicht mehr die Gletscher mit Blut zu färben. Also kein Grund mehr, meine Sage zurückzuhalten, und indem ich sie der Öffentlichkeit übergebe, wünsche ich, daß ein glücklicherer Sammler als ich in den Tälern, die ich leider nicht kenne, die Sagen noch lebendig finde, welche ein treffendes Gegenstück zu der vom Hans Preller von Lauffen abgeben.